JN153890

つららと雉

黒﨑聡美

Kurosaki Satomi

六花書林

つららと雉 * 目次

I

Ⅲ

装幀　真田幸治

つららと雉

I

川

わたしたち何かがきっと足りなくて流されそうな草を見ている

メタセコイア

目薬をうまくさせない平日はすべての窓にうつる青空

Yシャツの胸ポケットの底からは頭痛のもとのようなクリップ

乱暴になりたくなくて豚肉のパックのぬめり指で落とした

ステンレスシンクの水垢　ほろほろと行きたい場所がわからなくなる

冴えた夜に雪の気配はしないままメタセコイアときみは呟く

『葉で見分ける植物図鑑』捲る音　小さな風は首までおよぶ

齧るたびパン屑こぼれずいぶんと遠くへ来たよ明太フランス

細長く夜の空気を吸い込んで雪降る前のにおいをさがす

縦にならんでまばたきを

花水木の幹の細さを見るきみはあかるい色の服を持たない

右耳にふくらみ届くものがあり花の名前をひとつ覚えた

珍しく仕事のことをなめらかに話すきみの手握りたかった

前世は兄と妹かもしれず縦にならんでまばたきをする

見るたびにてんとう虫は増えていて乾いたものもいる西の窓

春雨は沼のにおいを漂わせ大人ばかりの家へと帰る

どこまでも二人のままで沈むよう耳のかたちをくらべる夜は

ぜつぼうをする

いんげんのゆで汁流せば湯気は立ちそこから夏の朝はひろがる

脱け殻のように畳に横たわり子どもはしずかにぜつぼうをする

なにもかもめんどくさがり十歳は扇風機へと声を発する

折り鶴のおりかた思い出せなくて畳のにおいの立ちのぼる部屋

テーブルとソファーのあいだ（谷にいる）いっそのこと老女となりたい

夕立はほんとに夕方くるんだね呟く声は浮遊したまま

水色のペディキュアを塗り出かければうつむくばかりの夏だと気づく

ためらわず蔓はフェンスを越えてゆき次男気質のわるくちを言う

ガソリンの投入口から立ちゆらぐ気化した影を見る真夏日

手紙から音をたてずにこぼれゆくもののようだねのうぜんかずら

どこかまだ仮の住まいにいるようで目覚めとともに土はにおうよ

海苔缶

残業を終えた体に沿うような小さな川の流れは黒い

海苔缶にゆび弾ませてできとうなリズムを生めば少しあかるむ

ボールペンのてっぺんは光を集め白いノートにできる日輪

いもうとの気配を持った丸椅子を光のたまる部屋隅に置く

階段を音をたてずに帰宅したぼんぼりのように浮く夫の顔

かさかさのかるいくちづけしたあとにひらかれてゆくみずうみがある

太陽の届かない地下駐車場は昨日の雪のにおいを残す

三月十一日

こんな夜に星をみようときみは言うきみが夫でよかったと思う

それから後の

ダンボールで塞いだ窓の前に立ちそれから後の日常にいる

わたしには見えない道があるようでヘリコプターは今日もまた飛ぶ

転がったままの石塀に腰かける　青空　チェーンメールの削除

ビニールシートを屋根にひろげていく様をカメラに収め実際にも見る

「ホテル」とだけある汚れた看板が杉と杉との合間に見えた

百円のほうじ茶ラテを飲んで待つ陽のあたらない市役所一階

にせものの瓦の軽さ確かめる雨の気配のするショールーム

食器棚の耐震ロックの説明の淀みのなさに三度うなずく

カフェボールにカフェオレは満ち大切にされたいんだと気づく曇天

「福島のことまわりは何て言ってる?」と幼なじみからのメール、また読む

雉

窓際のベッドに包(くる)まり草はらの雉を朝から見ていたと言う

ときどき見えなくなるんだ　窓辺に立つわたしの目は雉をとらえる

夜になりコットンシャツから立ちあがる病室のにおい　雨は強まる

草はらのむこうに水の流れあり昨夜の雨に川らしくなる

恋人と妻のちがいはどこだろう鏡のなかの太い二の腕

点滴の落ちてゆくのを二人して見ている雉のあらわれない日

鯉に見つかる

のどぼとけきみの喉には目立たなく子のないわけをうつろに思う

風はまた大袈裟に吹く　季節まで飛ばされそうなうすら寒い日

まさかさまに家々うつす町川のかなしいことはひとつもなくて

どこまでも引き伸ばされる春の日に少女は夢を語らなくなる

言い付けを守るくるしさ思い出し蛇口は鈍く光をかえす

鯉たちにわたしの影を見つけられわたしの子どもに会える気がした

立ち読みをしているきみがそこにいてうしろ姿をしばし見つめる

リズム

それぞれのリズムそれぞれの大切なこと大人ばかりの五人家族は

読みさしの文庫本は旅ものばかりトルコにロシア、塩川鉱泉

にんげんの気配を感じふりむけば冷蔵庫から製氷の音

欄干に鷺はつばさをとじている（あれは鴉だ）夏の破れ目

約束はひとつもなくて日傘をささず帽子をかぶらずに行く炎天下

鮒釣りをさせる釣堀いつ見ても三、四人の釣り人がいる

あおむけの蟬はすぐさま掃われてシルバーホームに暑さは残る

終わりあたり

綿棒で耳の汚れを落とすとき冬の寒さの外側にいる

青春の終わりあたりをさまよって並ばずにすむラーメン屋に行く

夕焼けはすでに訪れ交番の前にふくらむ横断歩道

じゅうたんをさか撫でにしてまたもどすひとり遊びのような年月

鉄塔は凍てつくように迫りくる真冬にむかう曇天の下

ない、無い

玄関に火のともらないライターを集めていれば厚くなる雲

誰の分かよくわからない六枚のあじフライを揚げる昼前

母の漬けた梅酒はふかくおちてゆく孕みをしらない体のなかに

夫の書く文字は小さく休日をとれないままに二十日が過ぎる

水たまりはきれいに消えてこの道にとびこえるものは何ひとつ無い

アルパカの母は

ショッピングモールを囲むさくらばなぼやけた空が色を奪った

木陰にはアルパカ広場　間延びした空気もろとも晒されている

立ち止まることができないにんげんの密度濃くなる絵本売り場は

首筋から老いてゆくね　ゆるやかに大きく曲がるドアの無い道

わたしたちはいつまでたってもわたしたちでいずれ家族となれるだろうか

アルパカの母は真直に前を向き歯をむき出しにして草を食む

整然と車の並ぶ屋上は光にあふれこの世の果てだ

へたくそなスキップ続ける女の子ショッピングモールの長い長い通路を

II

選ぶ

暖色の蛾はやわらかく弧を描きわたしが進めばまた弧を描く

ひだまりにカステラの味思い出す関係をひとつ壊してしまった

ひろがりを持てないままにちちちちと立ちっぱなしの就業時間

選ぶことばかりの日々に窓を見るどこか遠くの雪降りしきる

なにもかも覆い尽くせる雪なんて子どもの頃の幻だろう

足をあたためみかんをむいて人々はつくりものめく冬に老いゆく

新幹線ホームから見る駐輪場は細い光を束ねてひかる

きみまでの近道

薄雲に覆われている空のした熊笹ばかりがこまかくゆれる

さっきから叶えるつもりのないことをたのしげに話すきみに梨むく

テレビには耳の大きなひとたちがたくさんうつるにぎやかな夜

子どもという窓を知らずにきた日々を思い返せばすでに晩年

毎日を待ち続けている　帰宅したきみにふれてもそのあともまだ

そのままにしておくしかなくわたくしの根雪は見えてそして隠れた

春となる水のにおいはしないままエスカレーターに運ばれている

どこか、には行けないことを知っていてきみの耳には黒いイヤホン

梅の花ほろほろほろほろほ咲きはじめあやふやとなる祖父の記憶は

家族という言葉用いるキャスターの胡散臭さに電源を切る

みずうみの水の冷たさ思い出しいきぐるしさはすこしやわらぐ

結局はひとりのままだ音だけの飛行機消えて夕方となる

背景はなくなってゆく真昼間にいろんなものを卵にとじる

ベランダを土まみれにする南風　わたしは水を、水を飲まねば

並木道に嵐は過ぎて落ちている枝ひろうのはいずれも男

服を捨て写真を捨てて捨てるもの更にさがして一日暮れる

だらしなく花おわらせるチューリップ女というのが面倒になる

縁石のそばにまとめて捨てられた吸殻は水たまりにも見えて
きみまでの近道のようなこの雨に薄く汚れた傘をひらいた

赤いペディキュア

きみよりも祖父の体にふれる日々こうして家族になってゆくのか

金、酒、腕時計、入れ歯、たいせつな物から無くなる祖父の部屋

それでも土にさわろうとして夕方に祖父の姿はまぎれてしまう

落ち柿が肩に滲んでかまうなとかんべんしてくれと俺を殺せと

はげかけた赤いペディキュア指さして祖父がわたしの心配をする

見つめていれば

首すこしのびた気がする光降る秋をむかえに公園に行く

泣きながら読んだメールを思い出し葉を落とさない木の下に立つ

薄紙を重ねるような淋しさをきみのからだに見つけてしまう

しんしんとまぶた閉じればあらわれる川岸に立ちかみさまを待つ

電線は白く浮き立ち冷たさを更に冷たく夜に伝える

かなしみを自らつくりだしていた気温下がればにおわない川

散ってゆく葉の影うつす食卓を見つめていれば十年過ぎる

平らな場所

父方の祖父、母方の祖父、そして嫁いだ先の三人めの祖父

それが最後の朝とは知らず冷えピタがすぐに剥がれる額のわるくち

線香を絶やさない夜　二の腕はまだあったかいときみの声する

焼酎をビールで割って満州の話をしていた祖父、だったはず

デイサービスの人から貰う写真には見たことのない老人の顔

大往生だったなんてかんたんに言うなときみは少しだけ泣く

美しい回廊をゆく　冬陽差す　黒い服着てこれは葬列

底のない真冬は続きどこまでも光あふれる平らな場所だ

次々と薄にふれてゆく道の帰り道ではないんだこれは

*

立ちのぼる湯気は硫黄のにおいしてこの世にいないひとりを思う

窓際の川を眺めるための椅子　体の重さをまた思い出す

誰ひとり祖父の話をしないまま揃いの浴衣で食べる生ゆば

右手をあげておおきくわたしを呼ぶきみよ祖父がしていたようにおおきく

アコーディオン

きみはまだ帰ってこない冬の夜にアコーディオンを弾く真似をする

ふたりでいると歳を忘れてしまうよね夜更けにたわむ冬色の部屋

炭酸のあかるさ満ちる街のなかたった一日で融けた大雪

窓のむこうはすべてがうるみ前世も来ていたような簡易郵便局

逆光の強い日曜　白い車ばかり並んだ宗教施設

煙草のにおい

雨の日はすぐに暮れゆく差し出された診察券から煙草のにおい

ここもまた選んだ場所で雨粒は整骨院の手すりにたわむ

雨が降り雨を伝えるそれだけで保たれている関係がある

辞めてゆく人の話を聞きながらしばらく傘を差していないと

生乾きのようなコピー用紙を補充してどこか遠くで泣き声がする

天窓はあかるさを持ちそれぞれが荒野のような耳をひろげる

手をつながない散歩

花散らす雨の一日おわるころ懐かしさを持ちきみ帰宅する

わるくちをしずかに続けているようなビニールハウスのなかの苺は

揺るぎなくきみにふれたい　指先は苺に染まりそれを見ている

なかぞらに山鳩の声ひびくときわたしたちの持つそれぞれの過去

最初から夫のような人だった手をつながない散歩は続く

栃の木と同化しているように立つ埃まみれのポストを選ぶ

しずけさに小さくなってゆく声が双子の姉のようでくるしい

てのひらが瓜科植物のにおいしてはじめからただなかにいる夏

ここは昔ガソリンスタンドだった場所　今は立葵の咲いている場所

雨は緑の色をつくってズッキーニ、まないたの上もりもりと切る

抜けおちた髪の毛拾う部屋のなか汗かくことに疲れてしまった

どのくらい眠ったろうか夏の夜の入り口青く蟬もまだ鳴く

僕達と二人を括ることのないきみが見ている月を見ている

祖父とらいさまと猫

水たまりを見て気づく雨　日めくりを捲るはやさに日々は過ぎゆく

爪切りを六本並べていた祖父を思い出すたびきみに伝える

縁側に見知らぬ白い猫がおり細い目をして何を見ている

階段にすぐに埃のたまるのは夜毎こぼれていった夢、夢

雷は今ここに鳴る隠したい体を隠せないまま竦む

雷鳴の世界は白くそうかもう祖父の心配しなくていいんだ

再びのどしゃ降りとなりらいさまは戻ってくるという低い声

祖父の部屋に風通すのはきみの役目で色濃く見える青のカーテン

はやばやと燃やしたベッドまだ部屋にプラスチックのコップは残る

そしてまた知らない猫が二匹いる前髪にかかる影が重たい

雪道を

灰色が迫り出してきてなによりも雪を求めて冬の会津へ

排気ガスに汚れた雪の塊が国道沿いに夥しくある

むかしから店閉じている金物屋　こどものきみとつらら舐めたい

先をゆく犬連れの男しゅんしゅんと雪にけぶれて見えなくなった

目の前の冬はたしかに冬であり墓地分譲地の看板に雪

手にふれるそばから雪は過去となり晩年に雪、雪は降るのか

雪玉を枝へと投げて今きみは雪降るなかにゆきをふらせる

みどり色の一升瓶

みどり色の一升瓶のうちがわがわずかに灯る冬の夜となる

「と」の文字のなまめかしさよ冷える夜にプラスチックの駒にふれれば

消音にして観るサッカー中継の動きはすこし鈍さを持った

コレステロール転がすように口ずさむ新玉葱のスライスをして

シメサバの酢の味あまく春の陽は箪笥の影まで近づいていた

くちびるにふれないままに朝となり時間ばかりがやわらかに増す

無造作に鉢が置かれて商売をやめている店の窓を覗いた

みずうみのほとりに朽ちた木材が冬の最後の居場所であった

ゴミのひとつも

晴れわたる関東平野のひろがりにからだの重心失ってゆく

さきたま古墳公園、登ることができるのは九基のうち二基。

前方後円墳のなかほどに立つひとびとは風読むように背すじを伸ばす

将軍山古墳に草は生い茂りゴミのひとつも無くてかなしい

風は帰りの色を深めて少年はうぐいす笛を吹きながらゆく

逃げ水

まばたきのはやさに燕はいなくなり平坦としたあかるさばかり

ひたり、と風のやむ夜いつ開けたのか覚えていない窓に近づく

返信を書かないままに日は過ぎて猫は仔猫をさがさなくなる

はつなつの空はひろがり青色の洗濯ばさみはつぎつぎ割れる

逃げ水にむかってアクセル踏むときの遠のくようなわたしの横顔

汗ばんだ額にふれてそれからの押し寄せてくる街路樹の緑

いつまでも終わりのこない真夏日に宅地に組まれた足場見上げる

梯子

雲に雲が重なりあって話すことをすべての人がやめたみたいだ

別れ話に疲れた夜の友だちとその恋人が見たという海

いつもいつも喧嘩に負ける猫を抱きもの言わぬまま抱かれる猫は

地面まで枝をのばした金木犀の空き家の気配に足踏みいれる

運転代行（だいこう）の人から煙草のにおいして速度を持った酔いに呑まれる

鈴なりの柿の木ばかりが目にとまり川のむこうも快晴ですか

栃の葉は乾いた音を立てながらゆれてゆれて、誰に振る旗

win-winとwin-winと鳴く犬の声に体の熱は奪われていた

やもりのような気配を持って家かげに停車しているパトカー一台

ベランダを掃く　季節はいつもかんたんにわたしの先をいってしまうよ

柿の木に梯子ひとつが掛けられて百年は経ったように青空

桜木にわずかに残る葉の色は人を待つためのともしびの色

指の先から

白衣まで硬さのおよぶ冬となり整骨院の受付に立つ

待合室はさいしょに暮れてさかさまに戻されていた雑誌を直す

古いほうの橋を選んだ帰り道ひとの失敗に高ぶるこころ

ずんずんとすりおろされて山芋は今日の空よりあかるい色だ

苔むしたベンチ二つを通り過ぎ吸えない煙草をまぼろしに吸う

仕事とは伝言ゲームか　裸木のさやぎの続く真っすぐな道

並び立つ低周波治療器の音重くまぎれてしまう雨の降る音

カーテンをあければそこにひとつずつ古墳のようなうつぶせがある

ひとあしごとに気持ちを落としてゆくような歩みを見せて辞めてゆくひと

脱脂綿、コピー用紙に絹豆腐　白いもの切る一日終える

お互いに仕事のことは口にせず冷やしたりない金麦を飲んだ

路面より幼くなってうつりこむミラーのなかのSTOPの文字

冬と春からまりあった追い風に指の先から若さをのがす

工業団地、春

休日の工業団地にふりむけば野良犬二匹のやさしげな貌

鳥の鳴く緑地公園の暗がりはしばらく続き工場に沿う

からっぽをわけあうようにカレンダー通りに休むコンビニの前

管理所に青い長椅子ふたつあり口笛を吹く淋しさに似る

布団干す消防分署は春の日のひろがりとなりわたしに届く

行き先は〈実習中〉と表示され誰も乗せないバスの停留

目を合わすまぼろしを見たそのあとに守衛の前を過ぎて曇天

青暗くいくつもの窓を灯らせて駅へのシャトルバスが横切る

着がえするきみの向こうにふくらんだ煙をうつす真夜中の窓

にんげんの気配無いまま漏れてくるラジオ体操第一の音

歩いて歩いてカーブミラーに辿り着きわたしのなかからまだ抜け出せない

一台のタンクローリーの鎮もりに桜の夜は鋭く展く

かんたんに切り株増えた公園のすべてうずめるヘリの轟音

欅ゆれ石碑はゆれず風は吹くここは昔飛行場だった

終わらない　銃の連射のように鳴く鳥を見上げたあとも　終わらない

ソーラーパネルの土台ばかりが放置されあかるい方へ向かされたまま

道端に一人の男はしゃがみ込み煙草咥えるときの硬質

真新しい作業服着てゴミ袋ひるがえしながら先をゆく人

旋回を続けた鳥はもう見えずレンズ工場上空に光

Ⅲ

ふだんより長い

あふれ咲く桜の話がひとびとをゆるくつないでその端に立つ

水硬く感じることから抜け出せずふだんより長い手洗いをする

どの顔も残像のようにおぼつかず四月終わりの待合室は

ロッカーの前でしずかに息を吐き会いたい人が今二人いる

春に春のにおい足りなく扉から扉へむかうわずかな夜道

夕べの水

朝の終わりは見えないままに白く照る洗面台は暗がりのなか

駆け出すことはなくなっていてひといきに伸びた雌日芝指にふれさす

猫の餌ひとつぶ踏んだ昼前のしずけさにあふれる台所

濡れている路面で知った雨がありまたひとつ歳を重ねていた

いくつもの不安は過り口中に存在感を増してゆく舌

ハイボール薄めにつくりきみを待つ夜のながれを少し速める

みずうみに見えなくなった遊覧船あれに乗ろうときみは指さす

リネンシャツ羽織れば風はあそびだし子どもと過ごす暮らしを思う

栗の花のにおいの籠もる道を過ぎ冷えて頼りない半袖の腕

コインランドリーで書いていますという手紙忘れられずにまたひらいていた

はつなつの全能感は沸きあがりホームセンター隈無く廻る

停電はしずかにおとずれ掌がそれから顔が闇に呑まれた

帰る場所が同じ場所ではない頃を思い出させてきみは傘差す

さくらんぼひとつつまめば体内に血は巡りゆき色彩を得る

胸のなかに涼しく伸びる一本の道あらわれて夏至の夕べは

母の口笛

十分の時間をつぶすコンビニの駐車場から雨ははじまる

ＡＴＭ前の行列　疑いを持たないままにその列に付く

いつのまにか誰もが淡くなっていて蟬しぐればかりが迫りくる夏

ながいながい晩年のような路地をゆくふくらみ光る木洩れ日のなか

道端に鞄をひらけばほろほろと小さなものでいっぱいだった

水ゆれる音が近づきふりむけば図書館司書の働く夕べ

かなしみは誰でもひとり　若かった母の口笛澄んでいたこと

台風を呼びよせるような台風のニュースばかりが続く真昼間

その路地はいまだ

十月の蜘蛛の巣どれも美しくわたしは過去を忘れてしまう

リサイクルショップの奥へすすむほど時間は集まり重くとどまる

紫陽花の群れ咲く路地をすすめられその路地はいまだ六月のまま

夢にみた大きな海老のあかるさを思い出しつつ迂回路をゆく

ちぎれ雲とつながるような午後にいてやがてひとりの眠りにおちる

指はいつしか車となってひらかれた地図からきみとみずうみへゆく

クラフトビール喉をくだればいっせいに秋は光って枯れ葉を散らす

サーカス

工場と工場のあいだにサーカスのテントが組まれそれを見にゆく

整骨院にサーカス話が増えてゆく良い席などを教えてもらう

ほのぐらいテントの床はむき出しの土がひろがりやがて暗やみ

ブランコはいつしか消えてサーカスのテントを出ても夜は遠いよ

サーカスを見終えたあとに草を踏む獣のにおいを呼び出すように

一月二十六日　晴れ

近所の工業団地をしばらく歩いていると、ふと、自分がどの辺りを歩いているのかわからなくなった。前方が急にひらかれて明るくなり、見覚えのない倉庫が並んでいる。こんなことは初めてだった。

一区画間違えたのだろうかと振り返り、また前を見る。ペンキ工場の看板が目に留まる。いつも見るいつもの色褪せた看板で、道を間違えてはいないことに安堵すると、椿の木が無くなっているということにそこでようやく気がついた。

ペンキ工場の道路側一面に壁のように高く長く続いていた椿の木は、全て切られていた。花は毎年、フェンスを越え手を伸ばすようにしてたくさん咲く。それはどこか色街を思わせるような日陰のあやしく美しい一帯で、丸ごと消えていた。

立ち籠めるペンキのにおいの四辻に色あざやかな椿は消えた

黄色い鬼

あいまいなものを持たない冬の陽に爪の縦すじ晒されている

ものがたりあふれ出そうにひらかれたベンチの前を今日も過ぎゆく

いつのまにか雪降る冬が遠のいて晴れわたる空は冬らしい冬

義父（ちち）はまた何かを燃やし真昼間に煙は東にひがしに消える

好きなものすべて忘れてゆくようでビニールハウスの光の反射

脱衣所のあかりで入る浴槽はまぶたの裏のやさしい暗さ

霧ののち柔らかくなる砂利道は昔暮らした家へと続く

節分が近づくと図工の時間に鬼の面を作った。

黄色い鬼ばかりを作ってきたことを思い出しては尖る柊

黒猫と小鬼は仲良くなるだろう夜の廊下の底にまぎれて

かんたんに雪道の道消していた北風よ今わたしに吹けよ

つららと雉

少しずつ点が小さくなるようなきみとの暮らしにあかりを灯す

幼さをもてあましては真冬でもつららの垂れない街を歩いた

すりガラス越しに爪切る音ひびき朝の川面の光を思う

暗やみにふれようとする指その指の冷たいことはもう知っている

枯れ草に雉は隠れてそこからはきみから聞いたきみの思い出

旅先の雨にそれぞれの傘求め変わってきたのはわたしのほうだ

冬の寒さと春の寒さのちがいなど薄曇る空に話しかけている

薔薇園

薔薇園を巡りあまたの薔薇を見る目は重たさをとらえてばかり

無防備な笑みを浮かべているような一重の薔薇の花片にふれる

品種名を記した小さな看板に影を落とせばその名は消えた

園内のはずれにかき揚げそばを食む薔薇咲くところは光を湛え

犬は鳴き大人はしゃべり子は駆けてそれでもしずかな園を見渡す

進んでいる時計と気づき三分の時間は時間のなかにほころぶ

足を病む前に訪れた薔薇園を思い出しつつ老女は話す

それぞれの記憶を話せばあらわれるどこにも存在しない薔薇園

朝は来る

枇杷の実を食べても体は灯らずに雲の重たい夕暮れのまま

土埃と汗のにおいを滲ませたきみはいますこし前ここにいた

突然に雹は降り出しそれまでと速度のちがう室内に立つ

百日紅のもとに佇む人を見て今も佇むような朝は来る

耳と家

立葵咲かせる屋敷を過ぎたのちからだのなかに満ちる夕暮れ

自転車に乗らない日々は多くありいくつもの坂道を思った

昼すぎの眠りのそとに呼び鈴は鳴った気がした眠りのそとに

根腐れの鉢を出窓に置いたまま片付けをせず近寄れば見る

聡美ちゃんちのにおいがすると夫に言われた。

自らの耳のにおいはわからずに指にかたちを確かめている

十年と少しの時間は頼りないものなんだなと突っ立っていた

耳の奥の暗やみ辿り続ければうまれた家に着くのだろうか

噴水の縁に腰かけ汗を拭きまじりあわないそれぞれの水

さくらんぼ、プラム、白桃、真昼間に指舐めながらひとりで食べて

色褪せた橙色のカーテンをうつした窓をきみも見ていた

ふるさとはとてもしずかな曇天で町のすべてが低くたたずむ

まるで知らない通りとなってアーケードの屋根はずされた神明（しんめい）通り

わたしたちの結婚披露宴の日の青空のことを父はまた言う

少し耳とおくなったからとクイックルワイパーの柄に母は凭れて

濡れたような香りのなかに咲いている贈った記憶のない梔子の花

二画面の野球のほうを消音にする父　もういい、もういいんだよ

今晩の夜がすっかり根付くのをみとめたように雨は降り出す

ひっそりといもうとの部屋のにおい嗅ぐふたつの耳は髪に仕舞われ

手を振って出発をして窓閉めるわたしがいちばんさいごに死ぬよ

きみはすでに帰路へとついた顔をしてカーブに沿ってハンドルを切る

抜け落ちる記憶だろうか山の木にピンクのテープは結ばれていて

数日を閉め切ったままの室内は熱に沈んだ埃がにおう

歩道橋をきみと二人で渡り終え過ぎ去るばかりの夜を重ねる

まずは飾って

旧姓の通帳ひらけばいくつもの顔が浮かんで浮かんで消える

遠い記憶を思い出したか腕のなかわずかに浮いて羽毛布団は

ツール・ド・とちぎ２０１７　二首。

プロトンは一瞬に過ぎ空間が厚みを持った風として吹く

声は、声は、届いたろうかあっけなく規制解かれた道の辺に立つ

小さめの馬鈴薯入れた箱がありと台所隅にときどき開ける

まずは飾ってそれから捨てるとビー玉の青色ばかりがきみの手のなか

ほの白い生クリームを拭い取りテーブルの下はもとの暗やみ

クロールをおおきく掻いてゆくように欅並木のその先めざす

今までにまちがえられた名はどれも色を持たない花びらのよう
はるみひろみひとみともみとしみかすみ、みさと。

鏡には光がうつり美容師の話のなかでだけ会う女の子

五月のダム湖

賑やかさに自ら疲れ果てている店の幟がとりどり続く

生垣の躑躅の奥にビールケースさかさまにして老女は座る

昼と夜のあいだをつないでいるように水を湛えるダム湖のほとり

目の前の風景よりも薄暗く切り取るスマホの画像を消した

仕事では青色ボールペンばかり使うと話すきみの横顔

どの道もすぐに忘れて生コンの工場ばかりがまなうらに顕つ

夕暮れの記憶はいつしか紅葉の景色となった五月のダム湖

サービスエリア

雨降りの予報のままに雨は降りサービスエリアに降る雨を見る

遠くからきみを見ることめずらしく火を渡すように近づいてゆく

ワイパーはべたつく雨を拭えずに旅の記憶はかみ合わないまま

雨音にラジオは聞こえずわたしたちどこにでもゆける大人のはずだ

むらさきの花片を拾う夢のなかわたしの前にしゃがみ込む人

青暗く暮れてゆく道それぞれに同じかたちの鍵携えて

落　雁

落ち葉掃く音は風吹く音となりわたしもきみもまた歳をとる

冬を待つこころのままに落雁を齧ればすでに冬は来ていた

冷えた音を夜空は吸わずショッピングカートを押してゆく駐車場

ため息ののちの弛みを滲ませてテールランプの赤いつらなり

終わりのない橋をすすんでいるような暗さのなかを車走らす

湯豆腐を掬えば若い父がいて寒くなるのはこれからだと言う

雪降らないのは楽でいいですと言うたびに記憶のなかの吹雪強まる

見るたびに傾き変わりテーブルに置かれたままの柚子とかぼすは

迷惑メールばかりの届く一日はつまずきそうな暗い足もと

彼岸から風は吹いたか立枯れゆれる背高泡立草の群落

二車線から一車線へと狭くなる国道沿いに羽根を跨いだ

苛立ち

炎症の喉もてあます食卓にコップに満ちる水たくましい

まるでひとつの家族のようにバス停とカーブミラーとバス待つ人は

友だちの家取り壊された日とおなじ青空をうつすセルフスタンド

花束を送る手配を済ませれば花束を持ちたがる両腕

苛立ちを薄めるように夕焼けのひかり背にしてカルテを仕舞う

少し先の未来の日にちを確認し電話終えればその日も過ぎて

受付の灯りは取り残されたままかんたんに暮れた夜にあかるむ

増してゆく寒さを畏れる人の手が小さな小さな拳をつくる

少しずつなじみの患者は変わりゆき骨格模型の埃を拭う

電線が太さを増して見える昼　失踪という消え方がある

風強い一日の果てのベランダは兵士のように重なる枯れ葉

今の不満が先の不安へ つぎつぎとかわる夜更けに肩を冷やして

捌ききれず焦るばかりで目を覚ます夢のなかまで受付に立ち

影までも凍りつかせた裏道にわたしを保ち続ける強さを

雪あかりになって今夜も光るのか大雪の夜に無くした鍵は

うつくしいシダーローズを拾いあげ安心を得て帰路となる道

土土土と

うずたかくタイヤの積まれた辺りからはじまっていた春と気づいた

かなしみは消えるものではないようで土土土と鳥は鳴き出す

春という季節はひとりを際立たせ軽トラ一台が追い越してゆく

図書館の本借りたのちあらわれる書架のすきまに安堵している

春の陽に青みがかった黒猫の背を撫でつづけてのびてゆく昼

辛夷咲きわたしはマスクをかけたまま花になれない顔近づける

ひとつだけ風にむかい散る花びらは紋白蝶の羽ばたきだった

あとがき

思いや考えは、決してひとつではなく、一瞬のうちに変わってゆくこともある。

自分の思いや考えを人に話したのち、次の瞬間それまでと正反対のことを口にしたような気がすることが何度もあって、言葉を発する自分があまり信じられなくなった。そんな日々を過ごすなかで読んだ長嶋有の文章に、「いろんな気持ちが本当の気持ち」という一節があって、ほっとしたことをよく覚えている。

やがて短歌と出会い、続けていくなかで、この一節が大切な指標となっている。短歌という小さくてとても深い器に対して、自分自身のいろんな気持ちを、取りまく世界を、季節を、時間を、ごまかさずに見つめてゆきたい。

二〇〇九年から二〇一八年までの三八八首を編年体で収めた第一歌集です。この期間は私の三十代とほぼ重なります。Ⅰは二〇〇九年から二〇一二年、Ⅱは二〇一三年から二〇一六年前半、Ⅲは二〇一六年後半から二〇一八年現在の歌となっています。制作時期は多少前後するものもあり、改作したものも多いです。

米川千嘉子さん、穂村弘さん、小池光さんには大変お忙しいなか栞文を寄せていただきまして、心より感謝申し上げます。

「短歌人」の諸先輩方や仲間たち、投稿時代も含めさまざまな場でお会いした皆さん、この一冊を手に取っていただいたすべての方に感謝申し上げます。

出版に際し、六花書林の宇田川寛之さんには細やかな気配りをいただき大変お世話になりました。装幀を手掛けていただいた真田幸治さんにも厚く御礼を申し上げます。

最後に、夫、いつもありがとう。

二〇一八年五月二十五日

黒﨑聡美

著者略歴

1977年　福島県に生まれる。
2007年　「土曜の夜はケータイ短歌」の投稿をきっかけに作歌をはじめる。
「夜はぷちぷちケータイ短歌」、「NHK短歌」、「短歌ください」などに投稿。
2009年　短歌人会入会。
2016年　「指の先から」15首により第15回髙瀬賞受賞。

〒321-3232
栃木県宇都宮市氷室町 2957-2

つららと雉

2018年7月30日 初版発行

著 者——黒 﨑 聡 美

発行者——宇田川寛之

発行所——六花書林
〒170-0005
東京都豊島区南大塚3-24-10-1A
電 話 03-5949-6307

発売——開発社
〒103-0023
東京都中央区日本橋本町1-4-9 ミヤギ日本橋ビル8階
電 話 03-5205-0211
FAX 03-5205-2516

印刷——相良整版印刷

製本——仲佐製本

定価はカバーに表示してあります
ISBN978-4-907891-65-7 C0092